말言을 물고

고요아침 운문정신 076

말言을 물고

정재영 시집

고요아침

| 시인의 말 |

저도 기억 못 하는 그날
입에서 모음 하나 터질 때
놀라워했을 주위 표정

나에게 말을 주신 분*의 속마음
모음 자음 모든 소리를 합쳐 말해도
덤덤하게 듣는 이를 위해
폭폭한** 마음 쥐어짜
이리 궁리 저리 고민하면서
짜깁기합니다

무슨 말을 이리 힘들게 했을까
고개를 갸우뚱하실는지
그러나 당신 사랑한다는 말뿐입니다.
이 말 한마디가
얼마나 힘들게 드리는 말인지는
이제는 아시기는 하실까

2025년 3월
정재영

* 예레미야 1장 9절.
** 몹시 상하거나 불끈불끈 화가 치미는 듯하다. 전라도에서 잘 사용.

| 차례 |

제2부

제3부

제4부

제5부

제 1 부

가을 거리

기도를 실은 바람은
나뭇가지 흔들림으로
하늘로 오르고

기다리던 소리는
붉은 잎 살포시 밟고
땅으로 내려온다

바람의 거리는
하늘은 땅의 소리를 듣고
땅은 하늘 소리를 담는다

흩어지는 구름 탓에
굽은 등을 가진 이는
하늘 끝이 보이고

귀머거리도
마지막 계절이 다가오는
발걸음 소리를 듣는다

가을 물감

단풍이 바람손을 부여잡고
소란스럽게 찾아오던 날

석양이 넘어가며
가슴을 물들인 탓에

남기고 간 심장 울림도
오늘 같은 색이었습니다

당신을 그리는 색은
그때나 지금이나 오직 딱 한 가지

단풍에 물이 든
노을빛 물감

가을 불길

가을이
단풍나무 가지 불을
성큼성큼 밟고 오는 날에는

가슴에서 식어간
차가운 그리움도
그 불씨로 살아난다

사방에서 손 흔들며
불 지피는
바람결에

가을에는 모두가
불타서 사라질
뜨거운 나무가 된다

가을에 그리는 그림

그리다 접어둔
그림 한 폭
가을이 되어 다시 그린다

배경은 그날처럼
나뭇가지 빗질로 구름 한 점 없는 하늘
푸른색 물감을 쏟아부어야겠다

단풍이 소리치며 외치는 날에도
여전히 입 다물고 소식 없는 이
입술은 무슨 색을 칠할까

몰래 담고 온 그리움 한 사발
쓰고도 달콤한
에스프레소 색으로 칠해야지

평생을 그렸다 접었다
색 바랜 초상화 한 폭
빈 액자만 미리 걸어두고 있다

가상세계*

통화가 멈췄다
전원이 꺼졌다는 소리 뿐

블루투스 전화기 놓친 건 아닐 턴데
내 말 실수로 속상해 꺼버렸을까

내 생각하다가 운전사고 난 걸까
좋은 생각은 끊기고 안 좋은 생각만 들린다.

환하던 우주는 어둠으로 꺼지고
가상세계로 보내는 패드만 분주하게 두드린다

* 메타버스(metaverse).

겨울 무대

달리기만 하던 바람이
낮달에 걸려
창가에 멈추어 떤다

차디찬 창틀에서 우는 바람
그 소리에 갇힌 방 안은
주연도 조연도 없는 무대

아무나 그리워해도 좋고
누구를 사랑해도 좋은
열병 환자 역할이다

밤이 와
어둠의 휘장을 내려도
막을 내리지 못하는 무대

관성

산마루 모래언덕
평생 걸어온 길
시작한 날 걸음 폭으로 그대로 간다

서둘러 가다가 뒹굴어
제자리로 돌아간 일
어디 한두 번이랴

꼭대기 너머에
마음의 깃발을 세웠으니
속도 줄이지도 말고 서둘지도 말자

당신 계신 하늘
돌아갈 수 없는 그곳에서 들리는
휘날리는 소리

무릎으로 기어서라도
무덤처럼 솟는 능선을 향해
걷고 걷는다

꿀벌

이 산 저 산
키 큰 나무 꽃봉오리

이 들 저 들
앉은뱅이 풀꽃

날갯짓할 때까지는
모두 일터다

배꽃 하얀 미소
앵두꽃 붉은 속살

잠깐 홀리듯 들리는
가리지 않는 꽃술

그 자리에 앉아도
집은 짓지 않는다

계절풍

봄 지나 여름 되어
앞뜰 뒤뜰 모든 들판 모질어지라
남쪽 바람 촉촉한 마파람 손길

여름 지나 가을 되어
앞산 뒷산 알알이 열림 여물게 하려
서쪽 바람 서늘한 하늬바람 숨결

겨울 되어 마른 가슴
잊지 못한 사연마다 깊숙이 가두려
북쪽 바람 뒤울이 된바람 소리들

봄 여름 가을 겨울
가슴 속에 숨겨둔 그리운 얼굴
사방에서 솟구치는 용올림 몸짓

그 나라에선

통치자가 없어 관저도 없습니다
하늘 끝까지 영토이어서 한 곳에 정할 수 없습니다
어둠으로 갇힌 가슴 속이 가장 밝은 곳
밤이 되면 백성들은 일어납니다

그들 직함은 누구나 대사라서
어디나 이동식 대사관만 있습니다
지시는 전파로 하고
보고는 숨소리로 합니다

그 나라 헌법은 딱 한 단어 사랑
범죄인을 구별할 길이 없어
구류시킬 장소도 필요하지 않지만
스스로 그리움의 죄명으로 독방에 갇히게 합니다

흔들리는 공기 모습을 바람이라고 하듯
사랑은 보이지 않아 사형 도구가 없는 것
과속처럼 많은 사랑을 하는 이들은
저처럼 무기형을 살게 합니다

그럴 필요 없는데

누가 자동차에 흠집을 냈다
속상했다

흠집보다 더 큰
마음 상처

아! 그렇지
둘 다 상처받을 필요는 없지

그리움이라는 초상화

당신은
달빛으로 그려
별빛 숨결로 살아나는
창문 유리창에 서린 얼굴
파스텔 젖빛 초상화

구름에 갇힌 달

지그시 눈 감으면
당신은 언제나 초승달

구름 사이 둥근 달
지나가던 검은 새 따라가신 후

이제는 눈 감고 생각만 해도
내 마음 흐르는 달빛 강 물결

꽃나무 아래에서

바람이 들고 온 꽃물 편지를
불꽃으로 태우는 봄
붙들고 온 망각의 한 철 하소연을
꽃망울로 토해낸다

만남은 꽃잎 휘날리는 순간이었고
별리는 초록 이파리로 순수하다

소유할 수 없어 집착했던 시간
스치는 것들을 착각한 영원의 순간
몽우리는 봉우리로 피고
다짐은 낙화로 가볍게 진다

꽃잎 지는 소리 노랫말 절규에
모든 날갯짓은 애달픈 춤사위다

나를 태워서

거친 바람에 흔들려도
끝까지 태우는 심지가 되리라

마지막 숨 푹 하고 꺼지면
어둠 속 밑바닥에 이른다

그곳은 누구나 가야 할 자리
안식을 위한 암흑이다

짓눌린 그리움은 저절로
자기를 태워 어둠을 만든다

마지막 숨을 몰아쉬며
나를 태우는 혼불이여

나의 고물차 운행

나이가 아니다
낡았다는 생각의 연식年式이다

닳아빠진 부품이 삐걱거리면
바꿔 달면 되겠지만

달리고픈 심장이 멈추면
새것 달아 작동할 수는 있을까

길은 도로가 아닌 벌판
언제나 처음 가는 길이다

자갈길을 달리더라도
방향은 잃지 말자

돌아가도 보고픈 이 계신 곳
잊지도 말자

노을이 붉다

곧 어둠의 시간

사랑으로 충전시킨 전지로
밤길을 밝혀야지

숨결 멈추고
맥박 사라지듯

전조등 꺼져 보이지 않는 길
달빛 손으로 더듬어 가려 한다

나의 항해는

지도에도 없는 길이었습니다

잠재울 수 없는 욕망처럼
물결치는 조류에 흔들려 가는 배 한 척

바람이 밀고
조류가 잡아당겨
흔들려야 가는 길

뒤돌아보면 직선도 구불거린 길
도착한 곳은 다시 떠나야만 했던
빈 항구였습니다

신호등이 없는 바닷길은
언제나 자유로운 길 같아도
보이지 않는 커다란 손이
키를 쥐고 있습니다

떠밀려 가는 길을
누구는 운명이라 이름을 붙였지만
나의 길에서는 은혜라 읽고 갑니다

낮이나 밤이나

낮엔 바람처럼 구름처럼
온종일 떠돌던 허공의 하늘에
저녁노을 그려내는 사랑이여

밤엔 달처럼 별처럼
온밤을 새우던 어둠의 하늘에
아침햇살 밝혀주는 사랑이여

낮이 지나면 저녁노을로
밤이 지나면 아침햇살로
우리가 만드는 사랑이여

노안

해지는 서녘
선명한 고갯마루

나이는 먼 곳을
잘 보이게 만든다

눈앞에 있어도
어두운 글씨처럼

나이로 가득 찬 가슴은
여전히 오리무중이다

제2부

누구나 짓고 있는 집
— 시 짓는 마음

가을 햇살이 홀로 지키던
국화꽃 진 자리에
무서리 몰래 내리면

눈썹달 숨어
검은 새가 눈치채고 돌아가는
겨울 하늘 아래

가난한 가슴 속에
지었다 허물었다 다시 세우는
오두막집 한 채

미당未堂이라
당호 붙인 설계도
나에겐 지어낼 수 없는 집이 있다

눈나무雪木

눈 갇힌 들판 한가운데
하얀 달빛에 쌓여
홀로 서 있는 눈나무

길 사라진 벌판을
바람 손잡고 걸어오는
달빛 걸음을 듣고 있다

바람에 날아간 이파리처럼
까마득한 날들을
하얗게 지워버린 곳

눈 그치고 달빛만 가득한 길목에서
하얀 옷 입고 오는 사람을 기다리는
눈나무 한 그루

눈송이

당신 손으로
뭉치고 굴려서
하나의 사람으로 태어나고 싶다

모든 생각 비우고
당신 앞에서 웃고 있는
얼굴이고 싶다

종일 내밀고 있는 나의 차가운 손
당신 뜨거운 손길에 잡혀
나의 몸 녹여 눈물이 되고 싶다

옥합을 깨뜨린 여인*처럼
그 눈물 방울방울 고이 담아
당신 발 씻어 드리고 싶다

* 마가복음 14장 3절.

눈사람 사랑

가슴속
아무도 모르게
붉은 심장을 감추어 두었다

녹아 없어져도
넘어지지 않는 것이
신조다

미동하지 않는 것은
만든 사람을 향한 비밀
발설해서는 안 된다

사랑이란
처음 자리에
그대로 있어야 하는 것

낡아지는 시간 동안
함께 있는 마음은
순백의 아름다움

마지막 순간
가슴속 숨겨놓은 심장은
붉은 나비로 승천昇天하리라

눈송이 소식

눈 내리는 하늘 올려다보면
손등을 다독이는 눈송이 손길
반가운 입맞춤 입술을 대면
눈발 속 떠났던 그이 생각에
그날처럼 가슴만 뜨거워지네

기다리는 마음 알고 있는지
다정하게 내려주는 눈송이 편지
송이송이 담겨 있는 사연
말없이 품어주는 가슴에
하얀 글자 차곡차곡 쌓이네

알 수 없던 궁금한 소식
휘날리는 바람이 말하려는가
그리운 얼굴은 감추어 있고
호소하는 몸부림 애절한 말
차가운 귓가에 따스하게 맴도네

냇가에 앉아

결눈질하며 흐르는 냇물
으스러지게
물결 한 줌
꼬오옥 쥐었습니다

손잡고 물길만 바라보던 사람
지금도 따스한
잡혔다 빠져나가는
물기 묻은 손가락 사이

몰래 붙들고 온 마음까지
되돌아 감기는듯하여
잡을 수 없는 그림자 물결
손바닥 휘저어 그냥 흘러가게 합니다

내가 나를 해부한다

심장과 폐부가 어딘지 알 수 없다
하나로 된 살덩어리 속엔 뼈도 하나다
뼈와 살이 구분되지 않는다
피부도 박피되지 않는다
두개골 속엔 뇌는 없다
전자기구만 가득하다

내장 주름살이 영양분을 흡수하고 있다
욕망
비움
헌신
자랑
욕구
기도 등 등 등

충수돌기 주머니엔 흡수하지 못한 찌꺼기가 가득하다
그래서 그리 쉽게 아팠던가

내가 신음할 때 우셨던 당신에게 묻는다

내가 누구냐고
아니 무엇이냐고
귀가 방언까지 곁들여 설명해준다

나는 나다
(I am who I am)
당신은 당신이다
(You are who You are you)
고로 나와 당신은 우리다
(I and You are Us)
우리는 하나다
(We are one)
우리는 장기다
(Therefore We are organ)

발이 손이 되어 박수를 친다

달빛 강

밤늦도록 식지 않은 열기
눈만 감고 있는 밤

그 사람도 그러려니
궁금하여 창밖을 바라보니

살짝 열어둔 창문 사이로
물길 쏟아져 들어와

천장까지 범람하고 있는
서녘 가던 달빛 강물

구명복 하나 없는 사람
강물에 빠져 허우적대는 중이다

달빛으로 오시다

어쩌다 들리는 소식 없어
아주 가신 줄 알았습니다

오늘같이 어두움에 빠져
숨 못 쉬는 밤

하늘 가운데 몰래 숨어
바라만 보시는지

가셨어도 보낸 일 없어
곁에 계시는 분

그날 그 모습
가시던 그대로 오시기만을

도야마 횟집에서

설산雪山으로 병풍을 삼은
쟁반 같은 분지

제철 방어와
눈빛 하얀 새우 곁에
참치가 물고 온 깊은 바닷소리까지
접시 위에 담았다

그날 잡은
그 날 것 앞에서
누구는 술잔을 들고
누구는 우롱차 잔을 들었지만
모든 마음은 날 것이 된다

시간으로 숙성시키지 못해
주름살 내 얼굴

마시지 않은 술향기
싱싱한 기운인가

찻물로 입을 축여도
누구 입에서는 신선한 말이 뛰어나와 선어鮮魚가 되고
누구 말은 팔팔 뛰는 활어活魚가 된다

날 것들의 모든 언어는
늙지 않는 우리 사랑처럼
가슴에서 파닥거린다

조각조각 쌓이는
옛 기억조차
그날의 그 날 것들이 된다

누구의 선창일까
어깨 기대고 걷고 있는 순례길에서
모두 곱절로 건강하라고
건배健倍를 위한 건배乾杯를 외친다

富山の刺身屋で

山頂に着いたら空をつかむかな
雪山の 屏風で囲まれたお盆のような場所

時間どおりにハマチと白いエビ
ツナがもたらした深い海の音まで
皿に盛った

今日釣った新鮮な魚だ
今日釣った生の物前
グラスを掲げて
ある者はウーロン茶を
すべての心は生になる 。

熟成させるには時間がかかる
未熟なシワシワの顔

飲まぬ酒の匂ひ若き気か
お茶を飲んでも
誰かの口は新鮮な言葉が飛び出し 、

あるはぴょんぴょん跳ねる活魚となり、

僕らの愛のように
生のすべての言語
胸の上ではためく

断片的に積み重なる昔の記憶さえ
その日その日のもの。

肩もたれて歩く巡礼路で
誰の先唱だろう
健康に気をつけて
倍だ健康のように
健倍の乾杯 叫べ

동역

한 마리 물고기를 낚기 위해
바늘에 낀
작은 살점 하나 미끼이고 싶다

당신이 원하는
물고기 입에 물려
찢어지고 삼켜지는 순간까지

죽은 듯 기다리며
살에 꽂힌 아픔을 견디다가
남은 숨결 사라지더라도

손에 붙들린 물고기로
환한 얼굴이 말하는
당신 웃음소리 듣고 싶다

* 마태복음 4장 19절. 사람 낚는 어부에서 인용.

대나무 마음

하늘 향해 바로 서자
마디마디 가둔 나를
누구는 곧다 하지만
늘 흔들리는 모습으로 있었습니다

나의 곧음이란
흔들림이 아니라
꺾어지지 않는 것입니다

변치 말자 속 다져 채운
마디 숫자 많아질수록
지나가는 작은 소리에도
나의 휘어짐은 크게 흔들렸습니다

나의 기도는
우리 사랑처럼
휘어질지라도
꺾어지지 않는 것입니다

데미타스*

걸어온 길
얼마나 곱게 갈고 왔는가

쓰고
달고
시고
떫고
고소함

이 많은 맛과 향기를
작은 가슴에 보듬고 있다

* 에스프레소 작은 잔(demitasse).

라일락 그늘에서

보랏빛으로 쏟아낸 우리 봄날을
누가 다 쓸고 갔는가

날리는 향기는 허기진 그리움
마른 가지엔 침묵만 무겁다

우리를 가두었던 지난겨울
햇살로 들려주는 시린 이야기

같이 걸어온 두 손을 놓고
혼자 가야 하는 초행길을 떠나려 한다

또 하나의 기다림

하늘이 검게 얼어 침묵하고 있는
동지 막 지난날 무렵

가지 짧게 잘려 맨몸이 된 정원수는
누구 탓도 아닌데
입 다물고 성깔을 냅니다

추위를 견디지 못해
깨질 것만 같은 유리창
그때 하늘처럼
우리 시선도 부서지고 말 건가

큰 별이 경호차로 알려주는 길 따라
어둔 밤 별빛 사잇길로 오신 새벽
모든 공간까지 입 다물게 하시더니
오늘도 그래서 이리 아프게 추울까

춘분 지난 보름달로 하늘은 밝고
졌다가 다시 피어난 참꽃이 기지개 펼 때

꽃들 교향곡 노래 들으며
오셨던 자리로 가셨던
이름은 사랑

오늘도 세상은 어둡고 추운 날이라서
혹시 오신다 약속한 날은
새해 오기 전 남아있는 한 사흘 안일까

건너편 건물 옥상 위 비행등이
내 마음 전하는 손짓
오들오들 떨며 알아들을 수 없는 무슨 신호를
어둠 속에 계속 보내고 있습니다

라일락꽃

목련꽃 서둘러 떠난 가지 사이로
푸른 하늘 내려와 그늘진 곳에
작은 주먹 가득 쥔 꽃망울 향기는
겨울 동안 언어를 잃은 이의 간절한 수화다

떠난 사람은
항상 향기로 오는가

혼자 맞이하여 그냥 보내야 하는 봄날은
찬란해서 도리어 서글픈 탓에
보랏빛 향기 속삭임은
가슴 한구석을 파헤치는 갈고리 손이다

제3부

마감일

마감일이 되어
오래전에 만들어 둔 원고를
서둘러 퇴고하여 보냈다

시간이 되면
다 풀지 못한 시험지를 도리 없이 제출해야 하듯
한 달 한 해를 그리 보냈다

퇴고하는 일이나 시험지 제출을 위해
주어진 시간 동안 최선을 다했다 해도
틀린 곳만 생생하게 떠오르기 마련

남은 시간 모두 보낸 그날
빈자리 빈칸에 앉아
더 잘할 걸 되새김질하겠지

떠나보낸 것들을 여전히 끊지 못하고
멈출 수 없이 솟구치는 신트림은
아쉬움이 걸린 헛구역질이다

말言을 물고

내 마음에
먼 길을 걸어야 바다에 이르는 강이 있다
묵은해가 새해로 손바뀜하는 여울목에서
느려도 힘 있게 새 길을 시작하려 한다

울고 웃으며 밀고 끌려가도
그 길은 항상 초행길
물소리에 너울춤을 추며
들꽃과 소곤대며 가야 하는 길

구름이 웃는 햇빛을 가리고
어둠이 침묵하는 하늘을 가려도

남들에게 들킬세라
낮은 자세로 엎드려 가다가 보면
숨었던 달과 별이 동행해 주리라

날 밝은 첫날부터
강에서 용들이

용트림하며 날아오른다는 곳

사람은 죽어야 간다지만
붓을 조각도 삼아 여의주를 깎듯
혼불 태우는 수행을 하는 이는
살아서 하늘에 오르게 된다지

강물이 속삭이며 들려주는
모음 자음을 엮어 만든 말들
심장 용광로에 녹여 만든 금강석 알을 물고
어느 아침 햇살에 얹혀 날아오르리

묻지 마소

움직이지 못해 항시 그 자리에 있는 산
잠시 쉬지 않고 흐르고 있는 물
말을 못 하지
속뜻이야 있지 않겠소

산은 진달래 쥐똥나무 삼나무 키 구별 없이
고라니 청설모 산새를 품고
침묵으로 수행하며
다투거나 탓하지 않는 것을

물은 이곳저곳 부지런히 움직여
크고 작은 물고기를 키우며
아무도 눈치 못 채게
조용히 사라져 가는 것을

제자리 멈춘 산이 부르는 줄 알고
다가가다 서로 부딪히면
막혔다 분노하지 말고 돌아가면 되는 일

계절이 바꾼 산 모습을 변심이라 마소
그건 겉옷일 뿐 어찌 마음속까지랴
냇물이 강물이 된다 한들
가는 길은 한 방향 바다로 가는 걸

우리는 모두 모두
산이고 물이라서
살아가는 속이야기를 말 안 해도
서로 잘 알고 있지 않소

물에 쓴 글

물속 깊은 곳 바윗돌에
누가 이런 글을 새겼을까
하늘에 반사되는 사랑이라는 두 글자

나도 당신을 사랑한다

당신으로 목말라하는 건 물이 없어서가 아니다
사랑이 유황불에 불타 없어진 지옥이어설까

단단한 돌에도 새겨지는 글인데
어찌 부드러운 물에 획 하나 긋지 못하는
나의 사랑은 흔적도 없다

닳도록 써보자
물이 굳어져 새겨지는 날 있으리
물이 가루가 된 방울에
작은 글씨로 새겨 올리자
사랑이라는 두 글자

바람 소리

낙엽 진 가지 사이
휑하게 뚫린 하늘

바람은 부는데
눈 소식 없네

하늘 향해 소리칠까
하얗게 바랜 기다림

아! 아! 속으로 우는
바람 속에 갇힌 목소리

차가운 바람 속
뜨거운 소리

밥 짓는 마음

따끈한 밥
찬 없어도 맛있다

막 지어낸 글
나 혼자 맛있다

사랑도 마찬가지
식어버리면 딴맛

군불
꺼트리지 말아야지

별 홀로 떨고 있는 밤

서둘러 진 달을 따라와
어둠에 갇혀 떨고 있는 별은
어느 하늘에서 왔는가

창문을 열어두면
바람만 들렀다 가는
약속한 빈방

몰래 스며든 별빛은
밤이슬로 가득 쌓이는
무슨 사연을 훔치려 온 도둑인가

가슴 풀어 별빛에 젖은 그리움
살짝 들켜 훔쳐 갈까
오돌오돌 떨고 있다

별에 찔리다

어릴 적부터 별을 따려 했습니다

별 하나가 곁에 떨어졌습니다

반짝이는 별은 칼날이었습니다

살짝 움직여도 상처가 생겼습니다

별은 머리 위 먼 하늘에 있어야 했습니다

봄의 향연

봄은
아무에게나
향연을 베푸는 건 아니다

춥고 어두운 겨울
두 손 꼭 잡고
꼭 오리라 믿고
참아내고 기다리던
새순으로 내민 여린 손길에게
초대장을 건넨다

초대를 받지 못한 이에게는
꽃도 시샘 추위의 화려한 채찍
그냥 겨울이다

봄 그리고 당신

눈곱 낀 산수유
찬바람이
지친 얼굴을 쓰담는다

그래도
봄은 아니다

머리 위에서
혼자 나는 제비가 보여도
아직 봄은 멀다

꽃이 웃는 얼굴
제비가 조잘대는 소리

그때서야
꽃과 제비가 가지고 온
당신 소식
겨울 편지를 열어 본다

비빔밥을 먹으며

호박 도라지 고사리 그리고 계란 부침을 그릇에 넣어 하나가 되길 원했다

호박덮밥이나 나물밥 계란덮밥이라 하지 않는다

섞어 만든 우리를 그냥 비빔밥이라 부른다

성과 이름마저 버리고 새로운 이름으로 태어났다

돌솥 따스함으로 있는 당신과 나를 우리라 한다

뷔페식당

사는 것은
모두
선택입니다

상차림 없이
쌓아 둔 요리는
아무것이나 먹으라는 것이지만
접시에 담은 것만 내 것입니다

내 앞에 보이는 것은
내가 요리하지 않았어도
내 것이 될 수 있지만
내가 선택한 것들만 내 것입니다

지난 시간
담지 못하고
그냥 남겨둔 사연들

내 것으로 준비된 것들을

접시에 담지 않았더니
누군가의 것이 되었습니다

첫사랑도 그랬습니다

선택하고
선택되어진
당신과 나

접시 위에 놓인
모든 만남은
누구는 인연이라 하고
누구는 섭리라 하듯
기적입니다

사랑 존재론 변증

당신을 사랑한 후
나는 안 보이고
온통 당신만 보입니다

산소와 수소가
열융합되면
한 방울 물이 되듯

따로따로 하나가
사랑의 열로 서로 품으면
나와 당신을 우리라 합니다

산불

누가 내 속에
불을 저질렀을까

불 지른 이
보이지 않고

꺼줄 물통 없는데
호수도 멀다

여기저기
산불이다

소설小雪

늦가을 끝자리까지
긴 가뭄으로
마른 낙엽 뒹구는 거리

입동 서둘러 지났는데
눈 소식 없는
절기는 소설

낌새라도 차리라는가
하늘은 구름으로 가득한
오늘 같은 날

눈 감으면 보이는
하얀 목도리
하얀 얼굴

차가운 날이면
더 따스했던 손
그날처럼

눈발 소식 없어도
기다리는 가슴에 내리는
눈송이 따스하다

섬과 섬이 있는 바다

따로따로 떠 있는
천만 개 무인도

서로 바라보고 있어
그냥 좋다

떨어져 있어도
마냥 좋다

하고픈 말은
물새와 바람이 전하고

숨긴 말은
물속 해초 숨결로 전한다

소통

전원이 꺼져 있는
휴대전화

우리는 곁에 있어도
서로 다른 우주에 있다

별빛 잃어 어두운
우주와 우주 사이

귀머거리 소경은
냉가슴 앓고 있는 벙어리다

손잡이

늙어 허물어진 몸
차 안에 서서 있으면
급정거나 출발 흔들림에
주저앉기도 하겠다

내려온 손
손 올려
붙들고 있으면
몸을 추스를 수 있다

아무 말 없이 잡아 준
당신 덕분에
흔들려도
자빠지지 않고 서 있다

제4부

수국

홀씨처럼 각각 잡은 자리는
희미하게 선 하나 그어져 나누어진 곳
이제 만나는 일은 탐사선 없이 달에 가는 일이다

쏟아지는 달빛을 물감 삼아 그린 화폭
산천은 그대로인데
사람은 산속으로 사라져 모든 이야기를 잃었다

오고 가는 바람결에 생기고 핀 풀이나 나무가
세월로 쏟아진 비나 눈에 꺾이고 녹아져
모든 그림 화제畫題를 그리움이라 적는다

떠난 곳은 같아도 피어 있는 곳 서로 달라
민들레 앉은뱅이 꽃 나는
오뉴월 수국으로 활짝 피었을 얼굴을 그리고 있다

설국雪國 산노루

고원 그것도 산 길 끝나는 곳
높은 산이 사방을 둘러싼
좁은 비탈 마을 뒷산

쏟아진 눈에
오는 길 하얗게 지워진
좁은 하늘 아래

당신은 눈발 밟고
달빛 걸음으로 오시나요

하얀 달빛 손가락이 두드리는
창호지 소리에 놀라

나는
눈이 시린 하얀 들판을 걸어오는
달 걸음 소리를 들으며
지그시 눈 감고 밤 지새우는
산노루가 되었습니다

11월이 되면

폭염에 지쳤던 길거리 나뭇가지
서릿바람에 기대고 있는 날

이파리 떨어뜨린 석양 햇살에
서녘 넘어간 마음을 자유롭게 풀어

방황하던 다리를 멈추게 하고
생각은 잠시 쉬게 해두자

그날처럼 낙엽 쌓이면
그 길을 다시 걸어야겠다

바라봐다오 이파리 날리는 걸음
당신 찾으려 분주했던 발자국 모습

실내자전거

앞이 보이지 않는 쳇바퀴 통 속에서
제자리 뛰기만 하는 다람쥐는
어디로 갈지 몰라
힘을 다해 뛰고 있다

페달을 계속 밟아대도
바퀴가 없어 달려 나가지 못하고
그 자리 멈추어 서있는 실내자전거는
앞이 보여서 더 간절하다

달려가도
항상 제자리에 있는 게
어찌 다람쥐 쳇바퀴나
실내자전거 뿐이랴

언젠가 누가
내 자전거에 외바퀴 하나 달아준다면
앞으로 뒤로 그리고 좌로 우로
어디나 당신 계신 곳으로 달려가리라

새집을 짓는 사람들

생각은
하늘을 나는데

몸뚱어리는
땅에 붙어 있네

뛰었다 한들
그것은 순간

떠도는 구름에 잡히려
하늘로 편 손

중력에서 벗어난
생각의 집 한 채를 위해

언제까지 고개 젖히고
팔 들고 있어야만 하는가

앓는 계절

절기는 우수 끝자리가 잘려 나갔는데
산수유꽃 소식 없는 언덕은
봄의 척후병이 옮겨준
감기를 앓는다

기다림의 가려움으로 보낸 한 철
나의 겨울은 포로가 되어 탈출 못하고
숨겨 준 장소를 대라고 취조하는
비밀 첩보원 고문 후유증을 앓는다

소리 지를 꽃나무가 두려운 짐승은
겨울과 봄의 경계선에서
가슴 안은 사시나무 떨게 하는 열꽃으로
경기驚氣한다

언제나 이때쯤이면
미적거리는 봄보다
떠나지 못한 낡은 겨울이 다정하여
벌써 그립다

내 마음 두드려 여시고

내 마음 두드려 여시고
들어와 들려주신
태초의 우리 사랑
태초의 우리 약속

헤론산 백향목
샤론의 백합꽃
아름다운 우리 사랑
아름다운 우리 약속

분수처럼 화산처럼
숨기지 못해 노출된 비밀
모두 아는 우리 사랑
모두 아는 우리 약속

해와 달처럼
산과 강처럼
영원한 우리 사랑
영원한 우리 약속

어둠에서 피는 꽃

나에겐 숨겨진 꽃이 있다
눈동자도
가슴 속도 아니다

나의 꽃은 밤에만 핀다
빛으로 볼 수 없는 꽃
어두워야 보인다

눈 감으면 열리는 휘장 뒤편
함박웃음과 미소의 너울이
시간을 덮친다

빛과 어둠의 소리
찰나가 영원의 손을 잡아
어둠 속으로 끌고 간다

꽃잎마다 우주다
이파리 사이마다 은하수다
나는 블랙홀에 갇혀 있다

어둠의 찬가

사진으로 겉모습은 찍을 수 있지만
속 사람은 그려낼 수 없다

형태를 만드는 흑백의 구별은
빛의 겹핍으로 생긴 자국이다
빨강 노랑 파랑은 단지 치장품이다
밝고 어둠만 존재한다

빛과 어둠의 배합으로
나를 나 되게 했다
경계를 구별하고 그림을 선명하게 하는 일은
빛이 아니라 어둠이다

선으로 밑그림을 두른 어둠이
밤을 새워 새벽별을 밝혀야 빛이 쏟아진다

어떤 나무

소소바람 살바람 꽃샘바람에
겨우내 몸 사려 핀 꽃 떨어져
겨울 가지로 다시 가는 줄 알았습니다

실비 찬비 이슬비로 씻겨 핀
연초록 가지 끝 망울진 인사
졸이는 마음으로 키우는 나무

오랜 기다림의 자리
꽃샘추위 변덕에
오고 가는 길을 잃고 헤매고 있습니다

오늘은

생애 남은 날 중
가장 젊은 날이다

어제는 오늘을 만들었고
내일은 새로운 오늘이다

세월이란 말뿐
살고 있는 날은 오늘이다

당신은 오늘에 계시고
나는 당신 속에 살고 있다

제5계절

— 고 최병기 회장을 추모하며

구름은
아무도 탓하지 않는다

희로애락
회자별리
심지어 흥망성쇠라는 말은
아이가 어른이 되어 가는
우리 사계절의 사투리다

봄이면 여름이더니
가을인 듯 겨울이 오는 걸
어찌 한두 번 겪어 보았는가

옹달샘이 흘러 냇물이 되고
냇물은 강이 되어
돌아오지 않는 바다로 간 것처럼
누구나 그 물길을 따라가야 한다

고개 들어야 보이던 모습

가슴에 그림으로 그려져 있는
구름 한 점

마지막 계절에는
하늘과 땅이 맞잡은 곳
어느 고요한 호수에 이르러
뜨고 지는 일 없는 햇살을 받고
웃고 있으리라

시작 여담

구름은 형상도 변화무쌍하고 목적지도 알 수 없어 신비다. 그래도 높은 곳에서 먼 곳을 지향하는 것은 인간의 실존을 닮았다. 구름이 흘러가면 없어지는 것이 아니라 보이지 않을 뿐이다. 보이든 안 보이든 실체로 있는 그곳을 제5계절의 존재라 부르고 싶다.

옥수수를 먹으며

나에게
금 한 부대와
흙 한 부대를 선택하라면
당연히 흙이다

금이야
천년이 가도 그 양일 텐데
씨앗 한 톨 심어
백 알갱이도 넘게 거두는 옥수수

한 톨 한 톨 또 심어
거두고 다시 거둘 수 있는
흙 한 부대

금이나 벼슬보다
흙으로 곁에 있어 주는 당신

사랑은
늘 숨을 쉬는 흙
내가 고른 이유다

우선순위

식구가 다쳤다
조심하지!
정작 위로가 필요한데
야단 먼저 쳤다

가까울수록
위로 대신
화를 먼저 낸다
아차!

온유 1

봄이 겨울을 잡아먹는다

찬바람이 난장을 틀고 있는데

겨울 가시를 삼켜 배 불린 햇살

가지 끝에 토해내는 싹은 모두 꽃이다

온유 2

뿌리를 붙든 잔설을
헤치고 나온 가지 끝 몽우리

부드러운 손으로 하늘을 잡고
꽃샘추위를 달래주고 있다

긴 겨울이
여린 봄 가슴에 안기고 만다

용서

내 속엔 숨겨둔 그림이 있다

백과 흑 딱 두 가지 물감으로 그렸다

여태 버리지 못하고 붙들고 온 잡티 이야기다

하얀 눈 내리면 백지가 되어 지울 수 있을까

화롯불로 검은 재로 태워버릴 수 있을까

시간이 덧칠을 한다

바탕은 퇴색되나 형상은 짙어진다

제5부

이유

처음
왜 좋아했냐고
생뚱한 말을 하더군요

지체하지 않고
어쩐지! 그랬더니
소리 내 웃더군요

지금은
왜 좋으냐
다시 묻길래

그냥! 마냥!
그래 주었더니
피식 미소만 짓더군요

이별 연습

젖가슴 부풀던 항아*
무슨 사연을
구름 사이에 숨겼나

둥근 약속 지우는 속마음
눈치 한 번 안 주고
바람 손길에 끌려 슬며시 떠났다

남기고 간 그림자 흔적은
어둠의 호수에 빠져
숨 거두는 중이다

* 달 속에 있는 선녀.

에스프레소에게

첫사랑 추억처럼
쓰고 신 향기를
잔을 들자마자 길게 콧속으로 들이킨다

커피 속 향기에
지나간 이야기를
오늘의 맛을 위한 설탕을 적당히 넣는다

세월이 말하는 쓰고 단 맛이
혀에 닿아 어우러져
내일 이야기까지 미리 담아 마신다

설탕이 붙든 마지막 커피 가루 흔적
잔 아래에 가라앉은 마음인 양
조용하게 있는 설탕을 긁어 마신다

걸어 오고 걸어갈 길도 마찬가지일까
쓴 울음으로 시작했던 날을
너처럼 달콤함으로 마무리해야겠다

완전범죄를 궁리하지만

언제나 가난했고 늘 배고팠다
평생을 도둑질로 살았다
사랑을 훔치려 했다
정작 훔친 것은 내용물이 없는 포장지였다

들키지 말지니라 나의 계명은 이 한 가지
눈치챌 사람이 있을 땐
시치미를 떼고 마음속에 숨겨두어
지금까지는 완전범죄다

내 속을 누가 알랴 최면을 걸지만
머리에서 발바닥까지
구석구석 숨겨둔 잘 훈련된 조직원
욕망은 그들의 대장이다

나의 실수는
일망타진하려고 녹화하는
잠복 중 수사관이 있는 줄 몰랐던 거다
포승줄에 묶여 끌려가면서도 몰랐다

나의 사랑은 그랬다
미수에 그치고 마는 걸까
당신에게는 노출되어 잡히고 싶다
당신의 수인囚人이 되고 싶다

자작나무 숲 카페

눈 내리는 날에는
혼자서라도 자작나무 숲속 카페에 가보라

그곳은
아무라도 보고픈 사람이 된다

창밖 나뭇가지는 하늘에 손짓을 하고
하늘은 나무마다 우편함을 매단다

내가 나무가 되면
당신 소식은 눈송이로 날아온다

나와 당신처럼
커피는 식을수록 향기는 뜨겁다

유리 창가 빈 의자에도
주인 없는 향기들이 엽서 되어 쌓인다

잠들지 못하는 조류潮流

밤에도 낮처럼 평생 한 일은
해안가 부딪히는 그곳까지 가는 일이다

그 너머 넘지 못해 되돌아오는 자리에서
미련이라 말로 쉬는 듯 다시 시작한다

포말이나 이슬로 사라지는 날까지
들켜서는 안 되는 숨죽인 포복이어서 그럴까

등대 있어도 언제나 어두울 뿐
조류에 실려 오는 당신 부르는 소리

등대와 함께
뜬눈으로 밤새우는 이유다

죽음과 삶의 경계에서

아쉽고
착잡하고
서글프고

오열은
영정 앞까지인가

차려진 수저 들고
매몰찬 한마디

할 수 없지
뭐

한 수저 밥이
목구멍에 들어가며
모든 말을 눌러버린다

차 한 잔

싹 틔워주는 봄비
다독거려 자라게 하는 햇살

덕분에 얻은 밥상 앞
손 모을 뿐

봄비와 햇살에게
차 한 잔 어찌 드릴 수 있을까

초행길

강물은 누구나 초행길을 간다
위험할까 두려워 말라

몸 뒤트는 물결에게
분노한다고
괴로워한다고 말하지 말라
힘 모으는 중이다

염려로 둑을 쌓아 막을 수 없고
근심으로 물길을 되돌릴 수 없는 길

처음 가는 길에서
서둘지도 게으르지도 말고
자기 보폭으로 가다 보면
점점 작아지는 소리
낮은 둔덕 하구에 이른다

키가 모두 같아지는 수평선이 보이면
지니고 온 부질없는 수심愁心도

깊은 수심水心이 받아주는 곳

누구나 마지막 너울은
흔들려야 쉬는 해먹이 된다

추방된 시인의 공화국

주어와 동사는 우군이 없었다
등 돌린 반군은 목적어도 아니다

방어 아닌 도전은
창을 넘고 벽을 넘어 경계마저 넘었다

몸을 찢어 다리와 머리를 바꾸어 달았다
살덩이는 형체는 잃어 이름마저 없다

원인을 알기 위해 듣는 신음
아무도 아픈 자리를 알아내지 못한다

진맥하는 자도 시각장애자
눈알을 돌리지만 자기 아픔만 안다

소통 없는 그들의 거리에서
쏟아져 나오는 무기는 구매자가 없어 쓰레기장이 된다

사람들은 쓰레기에 묻히고

사람 가슴은 폭죽으로 터진다

점멸하는 신호등 거리는
차와 사람들의 경적과 환호로 엉겨있다

언어는 무기를 삼킨 지 오래
하루살이만 범람하는 도시다

치석

벙어리처럼
끙끙댄 말

없어도 되는
토씨는 날아가고

정작 전하고픈 동사는
모두 남았다

치석처럼 입안에 달라붙은 말로
열병을 앓는다

온몸이
은근히 오래 아프다

탄생

봄은 우로보로스*

겨울 꼬리를 무는

꽃샘추위 산통 후

꽃은 핀다

* 그리스 신화(ουροβόρος). 자신을 꼬리부터 먹어 치우는 동시에 재생하는 것을 끝없이 반복하는 모습으로 그려진다.

텃밭에서

씨는 땅에 뿌리고
꿈은 하늘에 심습니다

땅에서 싹 틔워
하늘 향해 자라는 줄기

땅이 붙든 줄기가
하늘을 잡고 꽃 피웁니다

꿈은 땅의 꽃이 아니라
하늘이 붙들고 있는 열매입니다

머리는 하늘에 두고
발은 땅을 밟고 있습니다

파도에게

죽을 것 같다는 시늉의 몸부림으로 다가와
기다리는 사람 발만 살짝 적시고
물러가는 너에게 투덜댄다

나도 어찌 다르랴
기다리던 마음 아닌 채 숨기고
이기지 못한 손 내밀었더니

슬그머니 뒷걸음질로
뒤돌아갈 일이라면
아예 오지나 말았어야지

내 속에 절절한 소리만 남기고
그냥 돌아갈 일이라면
수평선에 묶인 그리움 한 줄로 그냥 있을 일이지

하늘에 올리는 글자

밀물 썰물 오고 가는 모래밭 위에
혼자만 아는 이야기 당신 이름을 쓰네

그때마다 파도가 끌고 가는 매정한 자리
지워져도 그 자리에 쓰고 또 쓰네

모래알보다 많은 하고픈 말
파도처럼 쉬지 못하는 간절함

이제는 접으라는 걸까
잊으라는 걸까

출렁이는 마음속 파도에 실린 말
쓰고 또 쓰다 보면 하늘은 아실까

내 마음속 이야기 아시기나 할까
오늘도 같은 글자 여전히 쓰고 있네

환풍기

탁한 공기 내보내는
바람 날개

양극 음극 휘도는
전기 힘으로 돌린다

돌지 않을 때
날개 틈으로 들어오는 날파리들

주고받는
우리 사랑의 힘

나의 신선한 가슴은
항상 돌아가는 날개바람 덕이다

해 지고 달 없는 어두운 밤

해지고 달 없는 어두운 밤
찬 바람 불고 빛 사라진 길에서
지친 나 할 수 있는 일은 오로지
무릎 꿇고 두 손 모으는 일이네

그때야 반짝이며 들리는 소리
감은 눈에 비치는 빛줄기 하나
고개 들고 바라보니 다정한 모습
차가운 손 붙드시는 따스한 손길

덩달아 쏟아져 나온 별들
다정한 빛줄기로 다독거리며
노을로 사라진 서녘 산마루
모두가 가야 할 길 다시 비추네

고요아침 운문정신 076

말言을 물고

초판 1쇄 발행일 · 2025년 03월 28일

지은이 | 정재영
펴낸이 | 노정자
펴낸곳 | 도서출판 고요아침
편　집 | 정숙희 김남규

출판 등록 2002년 8월 1일 제 1-3094호
03678 서울시 서대문구 증가로 29길12-27, 102호
전화 | 302-3194~5
팩스 | 302-3198
E-mail | goyoachim@hanmail.net
홈페이지 | www.goyoachim.com

ISBN 979-11-6724-236-5(04810)

*책 가격은 뒤표지에 표시되어 있습니다.
*지은이와 협의에 의해 인지는 생략합니다.
*잘못된 책은 교환해 드립니다.